U0044539

曾經的你，
完整了我的生活
You Complete My Life

Swimming——著

You Complete

My Life

序　關於愛、關於生命、
關於那些進行式

生活，該是什麼模樣？

這個問題在心中問了無數次，但是總在發現該好好支配時，卻已經錯過了很多事，時間、青春、感情、或者機會。

但至少，生活讓我孵出了這本書。

從來沒有想過，如果有一天從我身上抽離了文字，我會是什麼樣子，因為我不敢想像，如果有一天我不再需要它。認識我的人知道，我說的話少、但寫的字多；看起來粗線條，但很敏銳地去思考；多半的時候感性，但說的話很犀利。在複雜的社會裡，試圖用最單純的心境去理解、去享受，看似冰冷的世界，還是有值得細細賞味的人事物。

我們都不想跟別人一樣，但又好怕跟別人不一樣，這個時代在矛盾中求共鳴，也在變異中共生共存。每次都吶喊想做自己，可是不確定自己是不是真的成功了。

在出版《曾經的你，完整了我的生活》之前，我其實很擔

憂，擔憂就要攤開自己的生活、要剖析自己的想法，大多時候我神秘得要命，這無疑對我是一個彷彿就要開膛剖肚的挑戰。隨著敦促我的聲音愈來愈大，我像不得不趕著我的靈魂上架，不僅爬上格子，也爬進了書架，過程是很用力的，文字聲嘶力竭無聲的喊著，過程也是很美好的，就算眼淚暈開了思緒，也是笑著。

在此謝謝秀威，謝謝你們不厭其煩的溝通與協調，也謝謝你們給予我的機會與信心。

謝謝我的父母，以及安。

謝謝你們一直以來的包容與信任，謝謝你們讓我成為現在的自己。

要謝的人很多，但我知道你們會知道我心中擺著你們，謝謝你們沒有在我的任性中走丟。

生命進行著、愛會進行著、那些屬於我們的進行式，都會因為你們，還在持續進行中。

Swimming　2017　秋天

目次
content

曾經的你，完整了我的生活

曾經的你，完整了我的生活

每次都想
輕描淡寫地這麼回答
「我想，我很好」

「那，你呢？」

聽我說，好嗎

單純好難？

在資訊爆炸的年代，卻找不到任何太美的形容詞來闡述人生的複雜，分明有一個失控的靈魂，卻束縛於正襟危坐的身形，就是還關著無邪的性情，卻在世故的眼皮下視若無睹。

在一個連高潮都可以假裝的時代，還有什麼值得用真情交換？懂了愈多，愈回不到原來。

有太多洗腦的社會事件，都在描述事情有多不單純；有更多的人情世故，都在指向人心有多難以衡量。聆聽，似乎變得有些奢侈，聽那些聲音說著最近、聽那些情緒說著真心、也聽那些故事想著真理，只有這個瞬間，不答腔的時刻，那個內心的自己特別單純，單純的關心、也單純的感同身受。是的，開口，事情就複雜了。

繼續「真真實實」的過下去吧。

哭笑不得的藝術

有一種享受　是帶著甜的酸
在口中慢慢散開　從舌尖入喉
一滴一滴　意猶未盡的香
有一種難受　是衝擊心口的酸
在腦海揮之不去　從皮肉到胸口
一刀一刀　無法逃避的傷
或許要像它　在生命的酸楚中學會享受
化成花　結成霜　變成你要的芬芳
不能笑的時候　就消化
不能哭的時候　就療傷
在酸中學會生活　酸過就甜了

這不就是　好喝的原因
人生也是啊

浪漫謬論

時間走得太快　太快帶來了夏日
時間走得太急　太急著就進入下一個節氣
時間走得匆忙　匆匆忙忙就錯過了花季
如果這個世界　不再存在浪漫
那麼理想是不是　僅剩下生硬的輿論
也失去小情小愛的嬉戲
如果這個世界　不再迎來夏至的晨光
那麼寒風是不是要張牙舞爪的襲來
也無心捕捉瞬間的燦爛
在將落日之時感受夏陽的情愫
羞赧得紅了臉頰。

就沒有為什麼

愛是陳腔濫調的旁白
用輕聲說一句句撩撥漣漪的情話
是表白　是曖昧　是烈焰燃燒時
是說一萬句　我愛你　還不夠明確
是唱一萬年　海枯石爛　還不足溢出的情懷
愛　真是世間少有的俗套
不厭其煩的重複上演
一次　卻都比一次　還要深遠

你是因為
你是所以
你是愛　也是另一個我
你是沒有為什麼。

成年禮之後

那些調皮　都成長了
作惡的輕狂　也流亡了
還在原地嘲笑　自負的天真
原來　連簡單的勇氣都被記憶封鎖了

真正的成熟是　再也不畏懼了
那些毫無意義的傷害
真正的大人是　將初心握在手掌心
偶爾的冒險是絕對必要的

我同意了

生活有許多挑戰　曾經覺得平平順順的凡事
有時候卻是跌跌宕宕的怠速
浪上載浮載沉　還不時問自己跳水得容易
觸礁的不安　與跨不過的險境
原地兜圈　或許更甚滅頂的恐懼
每次都像征服一面海
在明面與暗面都要拔得頭籌　即便是遲了
也要緩緩消化殆盡
人生中多得是PM2.5
迷惘的時間遠遠超出了舉步前行
有人說　專心成為你想成為的角色　至少也要堅
持2年　這個角色才會成形　也才可能被人看見
但有多少時候　是專注了一世紀　還換不上一次
認同的回眸
在自己的人生中走散　是一件很痛很痛的事
就像遺失了最珍貴的東西　那樣無助　叫天不應
不確定等待的是別人的點頭　還是自己的許可
明明撞上了　還要在沉沒前孤注一擲
即便遲了　也要吞噬　那些以為已經走投無路的
絕境

即便遲了
都不算太晚　對不對

生命就該是它的樣子

青春綻放至燦爛時
不問虛擲的是什麼
是盲目的熱情　還是無知的勇敢
生命如浪　波濤洶湧　跌跌宕宕
猶座標軸上緩行　不會倒流　只會飄蕩
還在問　浪的至高點　每每又多了一釐米
日子流浪至癲狂時
不辨情緒的色彩是藍是白
但彩色的奔放　如好奇　如美好
或灰偕的靜謐　如文學　如回憶
是一種養分

每一次汲取　都像隻蜂　那麼著急
那麼難以自拔

喝乾抹淨　直到世界末日。

都好好的

颱風天的咖啡館　格外寧靜
不言而喻的親切在不出聲的眼神中
一杯咖啡前的焦躁　一杯咖啡後的問候
與門外的風雨劃分兩個世界
濕漉漉的靈魂剛進門　與心口正對著焦
會合後的我　們
在各種滋味下被安撫了
神色自若的表情　充耳不聞的平靜
內心都喃喃著　還好　還好
生命一體的溫度　目標一致的共識
還好　還好

每當這時候　我們都在一起
每次風雨後　我們都好好的。

最從容的創意

你是不是也跟我一樣
喜歡看行路人來去　然後猜測他們的目的地
喜歡無意間聽到的對話　然後覺得我們都一樣
喜歡跟風　卻也想要與眾不同
想要時間好多　但總在虛度中忘了做什麼
在新舊夾雜的世代　矛盾得令人著迷
愈是猜不透的精彩　就多了想入非非的色彩
總是抱怨上演不完的老梗
但卻也好喜歡這樣的老味道
太新　你說　唉呃……好怪；
太舊　你說　唉呀……又來了
但這就是我們的共鳴哪
可愛的老樣子
不就這麼奪取了我們數十張的底片
人是喜新厭舊的
我們嗅著新意嗜血似的攬入懷裡
人卻也有點懷舊　依賴古早味的救贖　紛紛往肚
裡吞
所以我說　雞蛋糕　是時代底下
最從容的創意了

只管向前

不服輸的勇氣　有時候只是忘了害怕的傻氣
奮力一搏的毅力　是所剩的生存意義
跳躍　用的是前腳的謀略與後腳的耐力
方向　操控在大腦的企圖與心跳的速度
如你　很想就這樣只顧向前　毫無畏懼
一種到最後都忠於自我的生活定律。

學你　放逐內心　活得自在。

都只是決定而已

很喜歡一句話
「總是一起吃飯的，就算家人」

那天在街頭角落看見一位女子，面容不差、身著飄逸的紡紗短洋裝，精緻的妝容在淚水中化成傷疤，早已看不清的視線，直直注視著小螢幕，那是一個不留情的對話框，不畏旁人眼光，她，泣不成聲，一直癱軟在地。

最近特別覺得無常，也更想抓緊什麼，無論是愛，還是美好。生活中有很多短得令人心動的小事，二月草莓季、四月花開、七月芒果季、九月柚子產、就連歡樂的耶誕氛圍都會結束。或許是因為太短太短了，在商人的操作下就變得絕無僅有。愛呢？
多久的愛才讓人永遠懷念？
多長的感情才不捨得別離？
他們總是一起吃飯、總是一起就寢，仍然輸給了時間，是時間或是……千古不變的變。

很可惜不能包裝愛，假裝它很短、假裝它限時限量、假裝它很珍貴，因為，真正的珍貴，在心中，只有自己明白，我們把它點綴得閃閃發亮、為它冠上名為多采多姿的狀態，卻不及放在心上那雋永的情分，他們結束了那彼此扶持的關係、再也感受不到互相依偎的溫度，冰冷冷的斷開，那毛骨悚然的冷漠，一直在身邊發生著，在世上滋長著，或許無常的並不是生命，而是決定。

兜圈

生活好像不是非得浮誇　才有味道
就如四川人吃川菜　說辣不是辣
法國人吃甜點　說甜不是甜
你定義的華麗　可能是坑坑疤疤的舊傷口
也可能是平凡恬淡的好日子
人生愈是複雜　愈要簡單的活
生命愈是難解　愈要看淡去過
這樣的生活哲學
或許只有在奔回初衷的那一天
才恍然憶起當時留戀的香甜

而那一天　終於知道
你要的麵包　不在深山大海裡
你要的　只是最真實的溫度與過去的自己。

記憶中的樣子

我們用很多方式留住過去
一條原始的街道　一部復刻的老電影
一碗飄香的古早味　一柱點燃的香火
我們說了再見　或者沒說
倒是反反覆覆懷念　一次次翻閱
那時候的人　似乎都起得特別早
入夜連呼吸都格外叨擾
早市卻張羅得有模有樣
然後　我吸著陽光　有著晨曦的快意
在紅磚道瓦弄間　吐出雋永的記憶
有種相見恨晚的情分
住了很久的土地
但總有那麼幾個瞬間　還是會驚呼
真的好美。

落在身後的眼光

人生有些痛要自己承受
跟你說　沒關係
你也曉得　心裡擺了
面對的是百感交集的生命
背對的是難以消化的孤寂
躡手躡腳前進　踩的是不屈撓的勇氣
黑夜籠罩的靜謐　足以掀起一股躁動
只有你知道　向前是難以回頭的荊棘
只有你知道　退後是陷入長夜的棲息
只有你知道
當你望著遠方
成為搶拍焦點的是你氣勢凜然的背影

熱浪

夏至
晚上七點　瞅著亮晃晃的天空洗心靈
很悶　很擠的氣息
有著青春的味道　在空氣中揮發
忽然所有的憤怒都有了解答
所有的話題都有了起頭
一句　艷陽高照的晨安
一次　難掩燥熱的怒火
心照不宣的夏天
早就侵門踏戶踩了進來
留下一步步汗漬的痕跡
在我說come　in　之前

螞蟻嚙出的腦洞

嗜甜　像地縛靈般耳邊低語
像陣煙來去　像麻繩團團綑綁
一絲一絡　或輕或重　纏繞
戒甜　是一場與唾液的激烈抗爭
與衝腦的血液談一場不和解的約定
然後　每天都會失敗一次
意志力像螞蟻般
模擬出各種將甜食搬走的方式
以跪爬之姿　讓原則斷送在
一次又一次送入口的甜蜜裡。

是誰，還在等待

歲月像一朵未凋零的花
枯萎時想念　含苞時期盼
時光是不安定的海沙
退潮時等待　漲潮時還在
你　我　像被時間滯留般原地踏
焦躁時悻悻然　興奮時心心念
起伏不定的是今天的天氣
還是　那些總心不在焉的日記

或是　老是消化不完的牽繫
在心裡　在胃裡　在嘴裡　翻攪不停

未醉如醉

那還是很愛做夢的年紀　且大都發生在白晝
那時沒有人告訴我們　夢和現實的距離有多遠
最遠的距離不過就是從家門到校門
從座位到講台這般　小心翼翼僅此而已
現在依舊不能控制的做著夢　只是在夜裡
且總在三更驚醒　告訴自己人生有多驚險
已經不再衡量距離　從心出發到初衷是如此遙不
可及
如履薄冰　提心吊膽　還更甚於此
大人味　有點酸　有點苦　有點鹹
是汗水蒸發後的感動　是挫敗後再起身的傷痛
也是奮不顧身撲火後的淚水
人生若能擰成一杯苦盡甘來的風味
不該一乾而盡　無論是不快還是喜悅
而是慢慢取悅　心中的味蕾與腦中的氛圍
在體會到美妙之前細細品嚐　這來自成熟的磨練
若能為此命上一個浪漫又前衛的名
大概是　mojito　不醉　不想清醒的盛名累贅

愛的鈴響

隔壁有戀愛的聲音敲打著
我忽然懂了愛

那是早兩年的自己
取悅的蜜充斥整個心房
顫動的翅在尋覓另一個臂膀
一夜都在花枝亂顫的笑聲中看見白光
恰似那些日子的荒唐
我在　愛在　心不在　在另一個心窩裡淌

堅強成了後來的語言
跌跌撞撞後的平靜　像極了細水緩緩前進
不起波瀾　也暖著　不起漣漪　也念著
沿途是河畔的水仙　綻放成永恆
如果可以　一起沐月　一起曬日光
而不是　瘋瘋癲癲直到愛殞落
曾經擁有　不再是我要的浪漫

花語是等待
而我　懂了愛
還是沒有

談不完新鮮事

這是嚮往的午後
用的是深烘焙的咖啡豆
以及不長肉的切片蛋糕
斜斜的日光倚著窗
在還需暖陽的微涼溫度
店裡播的是名片的動人配樂
於背對店門的位子
發著呆　敲著字　還有聊得來的人物
有一種置身紛擾外的錯覺
氛圍像是不說話的掌控者
左右情緒　也擺動靈魂
每一次相遇
都有畫面重現的既視感
但澎湃的對話是新鮮的
很像
認識了一輩子之久的
新朋友。

一起站起來

年輕的時候特別喜歡一起發牢騷的朋友
在學校抱怨教授含糊的報告
在職場碎唸上頭艱澀的工作量
以為負能量超標時　會轉虧為盈
沒想到卻也可能成為再也下不來的情緒
千迴百轉的練習　跌跤後的學習
才知道擁有正能量的陪伴是必須的
一個人的痛　需要為你纏上繃帶的人
一個人的怨　需要給你無比勇氣的人
可以理解　不能沉淪
可以補槍　不能置之死地
最後　都要在彼此的陪伴下　笑著面對

心之所向

跟廟宇結下的緣好像從很小的時候開始，那是我的第一個專題，然後贏了個獎，日後再想起的不是獎項的榮耀，而是那段時間傳統文化帶給我的衝擊。

在我身上看不見傳統，也許是環境的關係，但我始終打從心底尊崇。每一次拿香，都是心念，透過氤氳繚繞將祈福傳達至空氣中；每一次對話，對著神明，卻更像在傾聽自己的心靈；每一次擲筊，哐啷的落地聲，有多沉就意味情緒有多凝重，彷彿求的不是解答，而是心安，一種相信自己的心安。從小到大，陸陸續續到過幾次廟宇，有時候是因為身邊親友的關係，有時候是攸關重大決定之餘，有時候……是心煩意亂的心情，在神明面前我幾乎成了熟面孔，大多時候我只是訴說，我不懂什麼情況我們稱之為靈驗，我只知道我需要沉澱，大概也是因為這樣神明不曾允諾我什麼，或回應過什麼，或許，我在天庭也是個不折不扣老愛聒噪的黑名單吧。

這是一大清早，從天還微亮一直到天明，來來去

去的老人家，我是其中最年輕的祈福者，但特別
慶幸這樣的時間，清幽舒適、太陽稍露臉還不至
揮汗淋漓，除了銀鈴般的鳥叫聲，清靜的早晨，
讓神明多了更多時間聽我說說話，並且給了我不
錯的籤，雖然我還沒能意會，也尚未看見成果，
但我還是願意相信，一切都會往好的方向發展
的。你說，是嗎？

自己

我不確定自己是一個怎麼樣的人
但　總是期望自己能成為什麼樣的人
有時候確實是特別膽小的
在浮浮沉沉的人生道路上孤注一擲
還得打量能有多少兩
不能不承認偶爾寂寞來襲
如洪水一般　再多泥也擋不了
叨唸幾句　對天嚷嚷
就當我醉了吧　醒了會繼續往前走
想成為怎麼樣的人？
嚴肅時頭頭是道　天真時逗人發笑
提筆時振振有詞　說話時滿腹經綸
細膩時熬得精華　膽大時絕不逃避
下了決心不後悔　做了決定不放棄
生命會找到出路　但總要對得起自己

山藥很細很綿,有不拖泥帶水、綿延不絕的帥氣,濃郁的拔絲感總會斷在欲別離時,不融於碗盤,僅化於口,是一種提得起、放得下的從容。

不老

偶爾會饞食
老美的速食　還是　歐法的甜食
生命是活絡的　追求一點天真的溫存
有時候總想嗑嗑小夜場電影
老舊的佈景　或是　新潮的爆破
到別人的故事裡偷歇　是彌補生活裡的現實
大多時候就是走走
一個人　兩個人　或者　更多人
感受城市的脈動與和諧
那是看著自己活著的最好證明

因為
青春　未完待續。

青春　不是年齡的表徵
而是　仍舊奔騰的熱情
以熊熊烈火　燒出疼痛的焦味與成就的光源

你們，好嗎

這世間不是所有想要都得擁有
人生所有的事情都終會被忘卻
這好像是太常聽到的勸誡

但　　是這樣嗎

有一些經歷　有一些心意
會過去　卻始終銘記
童心　初戀　夢想　與　最長的那段光陰
總是會想起寫在「我的志願」後的青春
也記得洗練以前的孩子氣　有著最簡單的喜愛
第一次怦然心動　才發現人生有更重要的事
還有　那些一起共事的日子　酸楚也顯得珍貴
喜怒如浮雲　愛恨嗔癡卻如玉石
都是些曾經以為輕如鴻毛的小事
從沒想過是日後舉足輕重的記憶
人生沒有過不去　卻有忘不掉的過去
承載著回憶　承載著情義
還有裝載著你　你們　那些與愛相關與無關

但願還是雲朵一般　自在飄流
一起化成雨點　再重重墜落成希冀

再遠也相聚。

成長配方

長大的味道是苦澀的
很像咖啡的口感　又酸又甘
孩子氣如囚禁在無上鎖的牢籠
稚氣從不脫韁　只在想念時使壞
關上關愛　偶爾嘔氣
都忘了心門只需輕輕推開
早就失衡　我們的熟成比例
那微微傾斜的矜持　愁眉苦臉著生活
那隱忍的堅持　在入夜時崩盤
只是在最愛面前　還是會為了一抹微笑
一則故事　一首情歌　一個玩具
驚呼尖叫　那個瞬間
真的覺得自己是個孩子啊
幾乎忘了愛上的苦澀
是咖啡　還是大人味

家

我們總是在找一個故事
感動得熱淚盈眶　入心得月月年年
簡單　純真　信服得從不懷疑
我們總是在找一個地方
框住你的淚　也收納你的笑臉
沒有城池環繞　卻如銅牆鐵壁守護
沒有守衛站崗　卻時刻都倍感心安

那是　家

圈著每一分每一秒的小事
掌管孩子的童話　也聽著成人的酸楚
相信童書裡的幸福　是小時候的那個自己
創造不完美的快樂　是長大後的這個自己

終究要回的　那個家　那個必要的安定感。

未完待續

文學的狹路　被定義為愛情
自古無不相思的詩人　無不苦戀的文人
那些繾綣在入墓前　被寫成了詩
是字字雕鑽情深
也是永生的長恨
侷促地　成了文學的典範

既是2次元的想像
亦是超越平行時空的體悟
小情小愛　是如此溫潤而柔軟
在心底下了一整夜雨
多愁善感的糾結
在每一次下筆都暈眩不已
文學創造新的言語
是情到濃時的蜜　也是痛至骨裡的痂
說文學等於　愛至方興未艾　海枯石爛
不如說　因為文學　讓愛有了形體
既灰又白　既深且淺
既是生命　也是旅程
既是終結於此的斷點
亦是未完待續的生生世世

入心的日常

那是每天面對的天空
有時候蔚藍　有時候灰白
快樂時　覺得青天正是我毫無污點的心情
悲傷時　僅是幾朵白雲也在心上搔著癢
太多稀鬆平常　一樣的日夜　一樣的小路
一樣在人群中做個飄渺的隱形人
忽略的　是今天空氣裡的花香
忘記的　是昨日天空散盡的彩霞
愈來愈少抬頭看天　反倒在內心喊過幾次
愈來愈少靜靜看向遠方　卻總看著指針低鳴
在腦中　在心裡　胡亂打著躁動的節拍
當我抓緊片刻　按下快門
才知道　天空被任意渲染的美麗色彩
都只是轉瞬間
就像生命裡的每一個美好　都似曇花
不能用快門紀錄的青鳥

就在心裡守護　願成永恆。

每一天都唯一

今天雨來得慢　依舊是忘了傘
說是午後雷陣雨　卻已近薄暮
光落雷起　幾聲狂嚎擊斷了思維
一個黃昏緩步的興致催毀
或跑　或奔　或停　人行多了狼狽
馳騁的機車在路口濕漉漉　從心口到腳背
這一刻似乎都公平了　被雨阻的　被打痛的
積水的心房　終於也流入了世界
碎片遺落各個角落隨波飄蕩
或許就這麼被人看見了吧
夜幕低垂　快速掩蓋刷白似的天
居然有點害怕　身軀就要沒入黑夜
不如　試試　雨中作樂吧
與我的限時限量　獨家情趣

愛，不由得自己

愛是，你以為你懂了
卻在百轉千迴中再度走散
在跌跌蹌蹌後感受箇中答案
愛是，不曾在課堂中的學問
卻無須學習即會怦然心跳
在撕心裂肺後真正活著。

愛是，摸不透的天性
為愛傾心才懂得的簡單與能耐
不是選擇、不帶點刻意
就深深為另一個靈魂鎖在心門裡的期待。

愛，在了解以前已經來臨
愛，不由得自己就住進了別人心裡。

懂

城市與人情都需要　再靠近一點
才發現複雜的也不過是較細膩的單純
會看見簡單的小事也有難解前後關係
我們相依相伴　也互相羈絆
有些人　一個走遠就得消失盡頭
有些人　在你回首之際都在原地揮著手
以我的土地為榮　也以生存空間為傲
有點內斂又有點猖狂
無論何時的追逐都能產生共鳴
無論日夜都有不眠的靈魂在盼望
無論身在何處　我們都為彼此探索著
有些事　做久了便倦了
有些話　說多了就無義
有些事　做久了卻成精
如同美食當前　已懂何謂品味
如同你在身邊　再久都不變

有些話　就算不說都別具心意
如同百年傳說　浪漫何須開口
如同親愛的你　已盡在不言中

夏日前的相聚

一樣的日光
春日裡的繁花
錯綜的枝椏
將景致映照得又紅又黃
似曾相識的場景
相同的面孔
每一次照面都像首次般溫柔
又說又笑的一行人
佔據路旁的紅磚道
十位數字的喧囂
已是畫面中最美的風景

我聽見夏日
在身邊悄悄走近
很近　很近的
散發暑氣的熱情。

走失的從前

好像　舊的都會慢慢離去
舊包包　會在時間裡生了霉
舊皮鞋　總是上一層難去的灰
舊雨傘　默默在公車上停留
舊照片　泛黃時才開始想念
舊信件　連字跡都糊得不可考究
舊情人　一個不小心就從此走散

那些陳舊的　情感
不管收藏人的念舊
還有多不捨
老天不應　就帶著他們悄悄離去
遺失的豈只是　不能重現的歲月痕跡
還有那些　曾在手裡的溫度

就好

花落　如詩人一般
絕美　不戀靜好歲月
繁複的生命旅程
是枝頭到地面的漫長短途
流瀉的美夢　乍醒
還在如春如夏的初衷
追求的夠多了
複雜得太久
那是一個短途
滑落的滴答聲　倒數
遲了
你卻只想回歸平淡　就好

就好。

家常味

這裡有的是茶館
幾張板凳　一只茶壺
團團環繞的人聲　不絕於耳
走了很長的路
才在各式小吃中嗅到咖啡香
簡單的竹籐編織　陽春的開放空間
一杯咖啡　一股家常情感
好似作客一般
在濃濃的海口腔中找到平凡
一杯帶走的人情味
兩杯坐下來的聚首
三杯午餐後的假期
咖啡也好　熱茶也罷
不都是那日常溫暖了我們

無語

偎著微弱的昏黃
斜斜映著你憂愁的身軀
佇足的光影　已有半晌片刻
我像個　丑角
用面無表情刻畫呆板的笑臉
餘光　嘴角　都顫抖著滄桑
那是個寧靜的時空
無日　無夜　窒息的對白
只在
舊回憶裡不停喘息
大口吸著　灰燼裡的淡淡餘溫

滋潤

它努力綻放熱情
用鮮血一般的紅寫著柔情
隨時光流逝　不畏懼　也不放棄
直至凋零也不歎息
對愛的堅信
是一種永不屈服的使命
也是因為　我們有幸

如果可以
為乾燥玫瑰保留一點有水的氧氣
讓我們　在愛裡呼吸
都不斷氣。

文字力

最近的書本愈來愈輕
文字以不同的型態植入
如食糧　幻化成水　轉變成空氣
在不同空間　敲打你的心房
沒有消化　也潛移默化
如鴻毛之輕　如隕石之重
滑過肌膚　留下坑坑巴巴的毛細孔
用穩定的速度　你呼吸著
頻率　無以計算

文字的重量
離開紙本　更顯沉重。

誰定義的價值

他說：累積價值是一個過程
她說：我能做的也僅不過如此

化石之所以珍貴　來自於難以估計的歷史
星星之所以耀眼　歸咎於數以億計的光年
蘊含累積價值　距離成就美感
價值不該是星辰　看見需要靠近一點
人非自體發光的個體　但願你已看見我蓄勢待發
的心底

只能追憶

昨夜做了一個很老很老的夢
清醒後的第一件事，是迫不及待去找回那個很舊
的味道。

有些街道　會想起某些不著邊際的歡笑
有些顏色　會湧上令人鼻酸的相思
有些味道　會溢出陳舊的美好
仿舊的色系　再現的年代　還原的氣息
卻復刻不了的曾經

為懷舊　掬一把淚
斟一壺溫熱的酒　與給乘虛而入的白
敬那些動容的情感
還有
回不去的光陰

春日慢食

今年春天是來得慢了一點。

隨著一陣陣春雨濕了整座城市，也算聞到春泥飄
散的淡淡清新。

乍暖還寒提不起勁，看到一絲絲陽光就令人滿
足，好天氣的週末，便開始學著簡單生活，舒
服的和食，甫料理的熱菜與剛炊熟的十穀米，都
帶來暖洋洋的氛圍，任何事都跟烹飪一般，不可
操之過急、也不端上涼菜冷飯，每一次學日本人
舉箸，就提醒著該放慢的腳步，與心平靜氣的思
路，好像那些雜亂無章的結也都能暫時鬆綁。

也或許，吃飽了，人都會更放鬆一點吧。

在記憶深處

前些日子發現自己喜歡的店倒了。

離上回我的光顧約莫是三個月前,這已經是不知道第幾次少了一家作為老顧客再光臨,但依舊驚訝、依舊百感交集。感受到,自己最愛的城市,正在變化。

記憶是支離破碎的,像磚瓦一般散落一地,卻堆疊不出一幢老屋,也拼湊不起完整的構圖,時光有時候彷彿停留了,不曾與我同行。近期常常記不起那些冒險的精神與途中的美景,最多的反而是那些被絆倒的曾經,或一道道烙印的傷痕,所以疼痛確實比浪漫更深刻了點,事過境遷,還是會想起原來都已修補好了的那些傷口。

比起這些,味覺相對誠實得多,味道會一直被記憶在舌根、香氣會刻劃腦海,當我再也想不起那些發生在角落的故事,什麼時間與什麼人完成的那些小事,我知道,有些味道…會告訴我,我們走過,就像共喝的那杯卡布奇諾,還有些苦澀在脣齒間發酵。

店倒了，味道難以忘懷，記憶卻只能煙消雲散。就像巧克力入口，不咀嚼也終歸消失殆盡，只剩「啊~原來是這個味道」的悵然。

等待老去

等待時間流逝
等愛在流逝中迎頭撞上
等待生活寬廣舒適
等財正好從天而降

等那些難堪在時間中隨風
等對的人出現在冷冷的冬
等更好的環境擁更好人生
等富足那一天為生命點燈

等待　無法化身為空間的肉體
在空氣中　漸漸消弭
靈魂　無止境的孤寂

向陽

如果有天堂
想必是這樣的吧
載你前往的車緩緩駛進
飽覽生命道路上的優雅與靜謐
暖陽下的冷空氣
還保有一點恣意
身伴著影　心不孤寂
西沉前　軌道請別偏離

時間的缺席

很像晨曦的
橙黃黃的　淡淡的
打造重量級的小日子
一切都像剛開始
輕鬆的語氣　燦爛的笑臉
足以溫暖空氣的熱情
桌邊都是漾著笑的氛圍
拾獲記憶中久違的人情味
比享用甜食更甜的是
不需要時間的滴答聲打擾
不在預期中的行程
不放在腦海的待辦事項
還有一對對瞇起眼的幸福
甜的　卻不著牙

在甜點上桌以前
先醉一回。

此時此刻

有些美　是盲目的
如情人眼中的愛慕
有些美　是疲勞的
如施上脂粉的紅顏
有些美　是迷惘的
如眼下可及的故鄉
有一種美　我盲目的追隨
如暈染一片橙紅的妝容
疲勞亦不肯眨眼
令人迷惘　教人醉心
我願
墮落於此時此刻　一蕊夕陽紅
時光荏苒　亦不屈服

人生草莓味

人生有時酸　有時甜
是老生常談的風涼言
像煮一壺發酵茶
歲月讓滋味變得難嚥
沉著　也　混濁
好似嚐一顆不入時草莓
時光釀造　由酸為甜　由香轉澀
當季　也　過季
時間　靜得就像陽光下的絲綢
在也透著　不在卻蹭著
如果問你
那些安靜的日子　是美的或碎著
「願那些碎痕也美得驚人」
你會這麼說吧

但　每一次貪嘴入口的草莓
總是酸得
忘了粉紅色澤也是一種美。

日夜顛倒

那是白天的樣子
走路很慢　動作很快
揮汗如雨是熱情帶來的暑氣
有點陳舊的人生道理
搭著黃毛百無禁忌的匠氣
一個抬頭　迎來夜幕走近了門前
似笑非笑　就像一日已經終結
這是夜晚的樣貌
急步如風　行為悠悠
城市冉冉上升冷卻後的蒸氣
自有苦盡甘來的生命韻味
糅合文藝主義轟腦的倔強
環顧四周　是無盡冗長的爍爍銀河
還是那樣　堅毅眼神下難以參透的思緒
與開戰的腦細胞　轟聲大作
萬里無雲　如靈光乍現
在看不見的暴風裡　開啟一日的大門。

日夜　是兩個世界
卻成就　一整個世界。

不斷嘗試

轉著　轉著　回到原點
時間凍結的傷痛　歸零。
繞了一圈　又一圈
華麗迴旋後塵埃落定
總會抹去眼淚　笑著離去
傷口結痂後
你也是個孩子
會再來一次

人生這一齣劇　不會落幕

誇張

這個城市的節奏
循著路口回堵的車陣　開始
總是等著等著　打了盹兒
一樣的巷口　一樣的物流車擋著號誌
一個女人　同個騎樓下叼著菸
背影是灰灰的憂愁
說不出的距離　讓過路人繞道而行
是那股惆悵吧　感染著晨間笑不出來的疲憊
就像一起打著拍　用腳輕輕瞪　用身慢慢搖
就這樣跟上前腳　逐步往前
是快也慢　是緩也急
在城市的節奏裡　總是就發生了誇張的小事

當你說著　誇張
下一刻
就　忘　了

然而　我們終究成了平凡人。

沒有形體的愛

關於愛情，有太多樣貌。整個城市，說不完的是關於愛的故事，以及那些嘔心瀝血的歷程。

在父母身上，我看見最真實的愛情是爭吵，每一次先聲奪人的狂囂，盡是細數那些過去關於愛字的筆劃。這時候愛情的痕跡是既鮮明又扎心。

在低齡的她身上，我看見最狂妄的愛情是追隨，兩人世界裡沒有準則，而對方就是那個唯一聖旨，說好一起向前，也說好即便殞落也要一起，說來諷刺，愛得瘋狂，卻也是一而再再而三的成謎。

或許，不該認清愛情的，在愛中迷個路也是人生中不可參透的幸福吧。

女人似水，愛情就像個不規則的玻璃瓶，無論何時女人都能符合其形盛裝入內，易碎，卻服服貼貼。唯有遇到好的人，才會更亮眼。

愛，不談委屈，在愛中的人們，都該有最美好的樣子，之所以愛，是因為，有你才完整。

為了慶祝才慶祝，非關愛情；

為了與你共享幸福，才是愛的進行式。

閨蜜

週末前夕的夏夜　你在做什麼
獨自擁醉　在漫漫星河下迎來徐徐快意
舉杯邀月　在笑聲不斷的甜話中聞香醉心
孤寂作陪　或交心時刻　無論如何
來一首輕快的爵士吧　踏步搖曳也好
打亂節奏的勁舞　也行
在心裡仍是酷暑的立秋　有一種不妥協的使然
暢快飲下夜釀的神祕與光影
名為知心的滋味
是暑氣帶不走的沁涼氣泡
在心中冉冉升起　至嘴邊　至掌心

至你我走過的每一哩
都有著美好的莓果香氣。

遇見

那是很久很久以前的故事
卻是很久很久以後的嚮往
忘了什麼原因深深著迷
只知道為之瘋狂的那年
談著一場轟轟烈烈的愛情
太小　還不懂錯過的滄桑與美好
正把命中注定當信仰
就像那個沒有後來的故事　有點慶幸也有點欣慰
一如我們總是想像會以什麼樣的姿態
與某個舊情人在路上遇見
不比老朋友可以笑著寒暄幾句
無關想念　無非是太懷念那個曾經走過的自己
或許就要尷尬得擦肩離去
我們錯過　我們遇見　我們別離
同樣是　一段段沒有後來的結局
大了　終於明白為什麼著迷
好幾年後的我才知道
那些終究會錯過的　實在太美好

能再遇見　只能留在故事裡留念

我們的時代

我們在歲月夾縫中逗留
臉上的嫣紅是當時未完的餘暉
回憶是我們共哼的一首曲
輕快的　浪漫的　是不知好歹的淘氣
那個世代無須太多解釋　沒有過問為什麼
粉紅泡泡裡　有一種魔法稱作善良
月光下　不映射半點陰影
只有過於耀眼的美夢　在每一個心裡如花一般芬
芳綻放
追憶　是無價的憐憫
證明不在時光中遺忘的初心
一直在某個角落　某個縫隙　盼著光影
毫無單位可衡量　那個總是懷念的心之所向
用每對睜個渾圓的雙眼
與　呫不絕口的聲音　寫下屬於那段記憶的心跳
我　們　的　荒唐卻瘋狂　的驕傲

SAILOR MOON 25th ANNIVERSARY POP UP STORE

雙十夜，煙花之後

學習生活其實不很難
為了生活卻一直很難
從小到大　說了多少次自介
淨說些社會期待
那些隱藏心事　在日記　在心底
就是不會說出那個真實的自己
說了多少次我會　我可以
忽略多少個我想　我願意
都忘了人生而自由與自信
看過煙花後的夜晚
天空被映得閃閃發亮
紅的　黃的　藍的
今夜不只一個黑暗
搖旗吶喊的喝采　彷彿覺醒了一個世代
色彩顯得有點悲　有點悅　有點不可理喻
那不就是生活最期待的樣子
那不就是我們盼啊盼得那個雛型
很可惜　柴火點燃的夢　滅後陷入冷冬
稍縱即逝的燦爛　在曲終依舊疼痛

誰說
生命短暫
要活得比煙花更耀眼
誰說
生命短暫
我們可以拿回自主權

再一次長大

小時候總是想著離開家，吃自己愛吃的美食，而
不是被逼著吃那些說著營養卻不好吃的東西；
小時候總是渴望著獨立，有一個自己的空間，而
不是被嘮叨著這麼亂不打掃、那麼晚不回家；
小時候…小時候…那些天真與叛逆，就這樣埋沒
在心底的青春都快忘了記。
長大後才知道那些好吃的、想吃的，會花掉一大
把需要努力多久才掙來的錢；
長大後才領悟那個窄小的幾坪空間，卻需要用半
個月的薪資取得短暫的歇眠；
長大後在有一餐沒一餐的夙興夜寐中，總在健檢
時被告知缺乏什麼；
長大後忽然曉得有個家，能早早回去真好。
長大後…長大後…得到的除了思念以外，還有破
碎不堪的靈魂，才記起過去好愚蠢。
男人、女人，帶著疲憊，回了家。

我是個右撇子，卻總是斷左手的指甲、長得也是
左手的繭，或許我比想像中更依賴著右腦。
我們一直在事與願違中生活，不再年輕才後悔，
沒有膽量了才惋惜，生命擁有許多可能才精彩，

若生命都在預想中進行，你還會不會期待、還會不會覺得世界可恨又可愛？

但一切再從頭，我會笑著等待，而不是抿嘴變壞。

長大，只是繞了一圈，不能太久、也別太遠，要回去的，必然。因為這些成長，才學會了「清靜，就好」

再一次，生日快樂

每一段祝福都有一個故事。

蠟燭熄滅後，可能心繫一輩子，可能思念一陣子。

以為到了某些年齡層，會有某些體悟，沒想到，也只換來某些依舊不想面對的事實。

這一天，特別想起一些人、一些事、一些感傷的、一些欣慰的，只是歲月終究事與願違，該實現的，還被駐留著，而愛，卻淡了。

應該笑的，卻哭了；應該哀嘆的，卻撒手了，說了千千萬萬的珍惜，卻還在學習別怨，還好，最後，還是承認了，就是虛華，才摸清了世故。

人生，還不夠盡然，沒辦法終了，我的那些愛恨嗔癡。

「生日快樂，沒斷的青春」

　曾經的你，完整了我的生活

國家圖書館出版品預行編目

曾經的你,完整了我的生活 / Swimming著. -- 新北
　市：蘇芸瑩, 2017.12
　　面；　公分
　ISBN 978-957-43-5196-1(平裝)

848.6　　　　　　　　　　　106023700

曾經的你，完整了我的生活

作　　者　Swimming
封面設計　楊廣榕
圖文排版　周妤靜
執行編輯　洪聖翔
出　　版　蘇芸瑩
製作銷售　秀威資訊
　　　　　114 台北市內湖區瑞光路76巷69號2樓
　　　　　電話：+886-2-2796-3638
　　　　　傳真：+886-2-2796-1377
網路訂購　秀威書店：http://store.showwe.tw
　　　　　博客來網路書店：http://www.books.com.tw
　　　　　三民網路書店：http://www.m.sanmin.com.tw
　　　　　金石堂網路書店：http://www.kingstone.com.tw
　　　　　讀冊生活：http://www.taaze.tw

出版日期：2017年12月
定　　價：320元